ATHALIE,

TRAGÉDIE

EN CINQ ACTES ET EN VERS,

DE RACINE;

Représentée, pour la première fois, à Paris, sur le Théâtre Français, en 1691.

PARIS,

Chez Fages, Libraire, au Magasin de Pièces de Théâtre, boulevard S.-Martin, n°. 29, vis-à-vis la rue de Lancry.

DELAGUETTE, Imprimeur, rue Saint-Merry, N°. 22.

1814.

PERSONNAGES.	ACTEURS.
JOAS, roi de Juda, fils d'Ochozias.	*Mlle. Adèle.*
ATHALIE, veuve de Joram, aïeule de Joas.	*Mlle Raucourt.*
JOAD, autrement JOÏADA, grand-prêtre.	*M. St.-Prix.*
JOSABET, tante de Joas, femme du grand-prêtre.	*Mlle Volnais.*
ZACHARIE, fils de Joad et de Josabet.	*Mlle. Bourgoin.*
SALOMITH, sœur de Zacharie.	*Mlle. Maillard.*
ABNER, l'un des principaux officiers des rois de Juda.	*M. Lafond.*
AZARIAS.	*M. Lacave.*
ISMAEL.	*M. Michelot.*
Les trois autres Chefs des Prêtres et des Lévites.	
MATHAN, prêtre apostat, sacrificateur de Baal.	*M. Desprez.*
NABAL, confident de Mathan.	*M. Barbier.*
AGAR, femme de la suite d'Athalie.	*Mlle. Patrat.*
Troupe de Prêtres et de Lévites.	
Suite d'Athalie.	
La Nourrice de Joas.	
Jeunes Filles de la Tribu de Lévi.	

La Scène est dans le temple de Jérusalem, dans un vestibule de l'appartement du Grand-Prêtre.

ATHALIE,
TRAGEDIE.

ACTE PREMIER.
SCÈNE PREMIÈRE.
JOAD, ABNER.

ABNER.

Oui, je viens dans son temple adorer l'Eternel ;
Je viens selon l'usage antique et solemnel,
Célébrer avec vous la fameuse journée
Où sur le mont Sina la loi nous fut donnée.
Que les temps sont changés! Sitôt que de ce jour
La trompette sacrée annonçait le retour,
Du temple, orné partout de festons magnifiques,
Le peuple saint en foule inondait les portiques ;
Et tous, devant l'autel avec ordre introduits,
De leurs champs, dans leurs mains portant les nouveaux fruits
Au Dieu de l'univers consacraient ces prémices ;
Les prêtres ne pouvaient suffire aux sacrifices.
L'audace d'une femme, arrêtant ce concours,
En des jours ténébreux a changé ces beaux jours.
D'adorateurs zélés à peine un petit nombre
Ose des premiers temps nous retracer quelque ombre :
Le reste pour son Dieu montre un oubli fatal ;
Ou même, s'empressant aux autels de Baal,
Se fait initier à ces honteux mystères,
Et blasphème le nom qu'ont invoqué leurs pères.
Je tremble qu'Athalie, à ne vous rien cacher,
Vous-même de l'autel vous faisant arracher,
N'achève enfin sur vous ses vengeances funestes,
Et d'un respect forcé ne dépouille les restes.

JOAD.

D'où vous vient aujourd'hui ce noir pressentiment ?

ABNER.

Pensez-vous être saint et juste impunément ?
Dès long-temps elle hait cette fermeté rare
Qui rehausse en Joad l'éclat de la tiare :
Dès long-temps votre amour pour la religion
Est traité de révolte et de sédition.
Du mérite éclatant cette reine jalouse
Hait sur-tout Josabet votre fidèle épouse :
Si du grand-prêtre Aaron Joad est successeur,
De notre dernier roi Josabet est la sœur.

Mathan, d'ailleurs, Mathan, ce prêtre sacrilége,
Plus méchant qu'Athalie, à toute heure l'assiége :
Mathan, de nos autels infâme déserteur,
Et de toute vertu zélé persécuteur.
C'est peu que, le front ceint d'une mitre étrangère,
Ce lévite à Baal prête son ministère ;
Ce temple l'importune, et son impiété
Voudrait anéantir le Dieu qu'il a quitté :
Pour vous perdre il n'est point de ressorts qu'il n'invente ;
Quelquefois il vous plaint, souvent même il vous vante ;
Il affecte pour vous une fausse douceur ;
Et par-là de son fiel colorant la noirceur,
Tantôt à cette reine il vous peint redoutable:
Tantôt, voyant pour l'or sa soif insatiable,
Il lui feint qu'en un lieu que vous seul connaissez
Vous cachez des trésors par David amassés.
Enfin, depuis deux jours, la superbe Athalie
Dans un sombre chagrin paraît ensevelie.
Je l'observais hier, et je voyais ses yeux
Lancer sur le lieu saint des regards furieux;
Comme si, dans le fond de ce vaste édifice,
Dieu cachait un vengeur armé pour son supplice.
Croyez-moi, plus j'y pense, et moins je puis douter
Que sur vous son courroux ne soit près d'éclater,
Et que de Jézabel la fille sanguinaire
Ne vienne attaquer Dieu jusqu'en son sanctuaire.

JOAD.

Celui qui met un frein à la fureur des flots
Sait aussi des méchans arrêter les complots.
Soumis avec respect à sa volonté sainte
Je crains Dieu, cher Abner, et n'ai point d'autre crainte.
Cependant je rends grâce au zèle officieux
Qui sur tous mes périls vous fait ouvrir les yeux.
Je vois que l'injustice en secret vous irrite,
Que vous avez encor le cœur israélite.
Le ciel en soit béni ! Mais ce secret courroux,
Cette oisive vertu, vous en contentez-vous ?
La foi qui n'agit point, est-ce une foi sincère ?
Huit ans déjà passés, une impie étrangère
Du sceptre de David usurpe tous les droits,
Se baigne impunément dans le sang de nos rois,
Des enfans de son fils détestable homicide,
Et même contre Dieu lève son bras perfide :
Et vous, l'un des soutiens de ce tremblant état,
Vous, nourri dans les camps du saint roi Josaphat,
Qui sous son fils Joram commandiez nos armées,
Qui rassurâtes seul nos villes allarmées,
Lorsque d'Ochozias le trépas imprévu

Dispersa tout son camp à l'aspect de Jéhu ;
Je crains Dieu, dites-vous, sa vérité me touche !
Voici comme ce Dieu vous répond par ma bouche :
« Du zèle de ma loi que sert de vous parer ?
» Par de stériles vœux pensez-vous m'honorer ?
» Quel fruit me revient-il de tous vos sacrifices ?
» Ai-je besoin du sang des boucs et des génisses ?
» Le sang de vos rois crie, et n'est point écouté.
» Rompez, rompez tout pacte avec l'impiété ;
» Du milieu de mon peuple exterminez les crimes :
» Et vous viendrez alors m'immolez vos victimes. »

ABNER.

Hé! que puis-je au milieu de ce peuple abattu ?
Benjamin est sans force, et Juda sans vertu :
Le jour qui de leurs rois vit éteindre la race
Eteignit tout le feu de leur antique audace.
Dieu même, disent-ils, s'est retiré de nous :
De l'honneur des Hébreux autrefois si jaloux,
Il voit sans intérêt leur grandeur terrassée ;
Et sa miséricorde à la fin s'est lassée :
On ne voit plus pour nous ses redoutables mains
De merveilles sans nombre effrayer les humains :
L'arche sainte est muette et ne rend plus d'oracles.

JOAD.

Et quel temps fut jamais si fertile en miracles ?
Quand Dieu par plus d'effet montra-t-il son pouvoir ?
Auras-tu donc toujours des yeux pour ne point voir,
Peuple ingrat ? quoi ! toujours les plus grandes merveilles
Sans ébranler ton cœur frapperont tes oreilles ?
Faut-il, Abner, faut-il vous rappeler le cours
Des prodiges fameux accomplis en nos jours :
Des tyrans d'Israël les célèbres disgraces,
Et Dieu trouvé fidèle en toutes ses menaces ;
L'impie Achab détruit, et de son sang trempé
Le champ que par le meurtre il avait usurpé ;
Près de ce champ fatal Jézabel immolée :
Sous les pieds des chevaux cette reine foulée ;
Dans son sang inhumain les chiens désaltérés,
Et de son corps hideux les membres déchirés ;
Des prophètes menteurs la troupe confondue,
Et la flamme du ciel sur l'autel descendue ;
Elie aux élémens parlant en souverain,
Les cieux par lui fermés et devenus d'airain,
Et la terre trois ans sans pluie et sans rosée ;
Les morts se ranimant à la voix d'Elisée ?
Reconnaissez, Abner, à ces traits éclatans,
Un Dieu tel aujourd'hui qu'il fut dans tous les temps.
Il sait, quand il lui plaît, faire éclater sa gloire,
Et son peuple est toujours présent à sa mémoire.

ABNER.

Mais où sont ces honneurs à David tant promis,
Et prédits même encore à Salomon son fils?
Hélas! nous espérions que de leur race heureuse
Devait sortir de rois une suite nombreuse;
Que sur toute tribu, sur toute nation,
L'un d'eux établirait sa domination,
Ferait cesser par-tout la discorde et la guerre,
Et verrait à ses pieds tous les rois de la terre.

JOAD.

Aux promesses du ciel pourquoi renoncez-vous?

ABNER.

Ce roi, fils de David, où le chercherons-nous?
Le ciel même peut-il réparer les ruines
De cet arbre séché jusque dans ses racines?
Athalie étouffa l'enfant même au berceau.
Les morts après huit ans sortent-ils du tombeau?
Ah! si dans sa fureur elle s'était trompée;
Si du sang de nos rois quelque goutte échappée....

JOAD.

Hé bien! que feriez-vous?

ABNER.

O jour heureux pour moi!
De quelle ardeur j'irais reconnaître mon roi!
Doutez-vous qu'à ses pieds, nos tribus empressées....
Mais pourquoi me flatter de ces vaines pensées?
Déplorable héritier de ces rois triomphans,
Ochozias restait seul avec ses enfans:
Par les traits de Jehu je vis percer le père;
Vous avez vu les fils massacrés pas la mère.

JOAD.

Je ne m'explique point; mais quand l'astre du jour
Aura sur l'horizon fait le tiers de son tour,
Lorsque la troisième heure aux prières rappelle,
Retrouvez-vous au temple avec ce même zèle.
Dieu pourra vous montrer par d'importans bienfaits,
Que sa parole est stable et ne trompe jamais.
Allez: pour ce grand jour il faut que je m'apprête,
Et du temple déjà l'aube blanchit le faîte.

ABNER.

Quel sera ce bienfait que je ne comprends pas?
L'illustre Josabet porte vers vous ses pas:
Je sors et vais me joindre à la troupe fidelle
Qu'attire de ce jour la pompe solemnelle.

SCENE II.

JOAD, JOSABET.

JOAD.

Les temps sont accomplis, princesse, il faut parler,

Et votre heureux larcin ne se peut plus céler.
Des ennemis de Dieu la coupable insolence,
Abusant contre lui de ce profond silence,
Accuse trop long-temps ses promesses d'erreur :
Que dis-je ? le succès animant leur fureur,
Jusques sur notre autel votre injuste marâtre
Veut offrir à Baal un encens idolâtre.
Montrons ce jeune roi que vos mains ont sauvé,
Sous l'aile du Seigneur dans le temple élevé.
De nos princes Hébreux il aura le courage :
Et déjà son esprit a devancé son âge.
Avant que son destin s'explique par ma voix,
Je vais l'offrir au Dieu par qui règnent les rois ;
Aussitôt assemblant nos lévites, nos prêtres,
Je leur déclarerai l'héritier de leurs maîtres.

JOSABET.

Sait-il déjà son nom et son noble destin ?

JOAD.

Il ne répond encor qu'au nom d'Eliacin,
Et se croit quelque enfant rejeté par sa mère,
A qui j'ai par pitié daigné servir de père.

JOSABET.

Hélas ! de quel péril je l'avais su tirer !
Dans quel péril encore il est près de rentrer !

JOAD.

Quoi ! déjà votre foi s'affaiblit et s'étonne ?

JOSABET.

A vos sages conseils, seigneur, je m'abandonne.
Du jour que j'arrachai cet enfant à la mort,
Je remis en vos mains tout le soin de son sort ;
Même de mon amour craignant la violence,
Autant que je le puis, j'évite sa présence,
De peur qu'en le voyant quelque trouble indiscret
Ne fasse avec mes pleurs échapper mon secret.
Sur-tout j'ai cru devoir aux larmes, aux prières,
Consacrer ces trois jours et ces trois nuits entières.
Cependant aujourd'hui puis-je vous demander
Quels amis vous avez prêts à vous seconder ?
Abner, le brave Abner viendra-t-il nous défendre ?
A-t-il près de son roi fait serment de se rendre ?

JOAD.

Abner, quoiqu'on se pût assurer sur sa foi,
Ne sait pas même encor si nous avons un roi.

JOSABET.

Mais à qui de Joas confiez-vous la garde ?
Est-ce Obed, est-ce Amnon que cet honneur regarde ?
De mon père sur eux les bienfaits répandus....

JOAD.

A l'injuste Athalie ils se sont tous vendus.

JOSABET.

Qui donc opposez-vous contre ses satellites ?

JOAD.

Ne vous l'ai-je point dit? Nos prêtres, nos lévites.

JOSABET.

Je sais que, près de vous en secret assemblé,
Par vos soins prévoyans leur nombre est redoublé;
Que pleins d'amour pour vous, d'horreur pour Athalie,
Un serment solemnel par avance les lie
A ce fils de David qu'on leur doit révéler.
Mais, quelque noble ardeur dont ils puissent brûler,
Peuvent-ils de leur roi venger seuls la querelle?
Pour un si grand ouvrage, est-ce assez de leur zèle?
Doutez-vous qu'Athalie, au premier bruit semé
Qu'un fils d'Ochozias est ici renfermé,
De ses fiers étrangers assemblant les cohortes,
N'environne le temple, et n'en brise les portes?
Suffira-t-il contre eux de vos ministres saints,
Qui, levant au Seigneur leurs innocentes mains,
Ne savent que gémir et prier pour nos crimes,
Et n'ont jamais versé que le sang des victimes?
Peut-être dans leurs bras Joas percé de coups....

JOAD.

Et comptez-vous pour rien Dieu qui combat pour nous?
Dieu, qui de l'orphelin protége l'innocence,
Et fait dans la faiblesse éclater sa puissance;
Dieu, qui hait les tyrans, et qui dans Jezraël
Jura d'exterminer Achab et Jézabel;
Dieu qui, frappant Joram, le mari de leur fille,
A jusques sur son fils poursuivi leur famille;
Dieu, dont le bras vengeur, pour un temps suspendu,
Sur cette race impie est toujours étendu?

JOSABET.

Et c'est sur tous ces rois sa justice sévère
Que je crains pour le fils de mon malheureux frère.
Qui sait si cet enfant, par leur crime entraîné,
Avec eux en naissant ne fut pas condamné?
Si Dieu, le séparant d'une odieuse race,
En faveur de David voudra lui faire grace?
Hélas! l'état horrible où le ciel me l'offrit
Revient à tout moment effrayer mon esprit.
De princes égorgés la chambre était remplie:
Un poignard à la main, l'implacable Athalie
Au carnage animait ses barbares soldats,
Et poursuivait le cours de ses assassinats.
Joas, laissé pour mort, frappa soudain ma vue;
Je me figure encor sa nourrice éperdue,
Qui devant les bourreaux s'était jetée en vain,
Et, faible, le tenait renversé sur son sein.

Je le pris tout sanglant. En baignant son visage
Mes pleurs du sentiment lui rendirent l'usage ;
Et, soit frayeur encore, ou pour me caresser,
De ses bras innocens je me sentis presser.
Grand Dieu ! que mon amour ne lui soit point funeste !
Du fidèle David, c'est le précieux reste :
Nourri dans ta maison, en l'amour de ta loi,
Il ne connaît encor d'autre père que toi.
Sur le point d'attaquer une reine homicide,
A l'aspect du péril, si ma voix s'intimide,
Si la chair et le sang, se troublant aujourd'hui,
Ont trop de part aux pleurs que je répands pour lui,
Conserve l'héritier de tes saintes promesses,
Et ne punis que moi de toutes mes faiblesses !

JOAD.

Vos larmes, Josabet, n'ont rien de criminel.
Mais Dieu veut qu'on espère en son soin paternel.
Il ne recherche point, aveugle en sa colère,
Sur le fils qui le craint l'impiété du père.
Tout ce qui reste encor des fidèles Hébreux
Lui viendront aujourd'hui renouveler leurs vœux.
Autant que de David la race est respectée,
Autant de Jézabel la fille est détestée.
Joas les touchera par sa noble pudeur,
Où semble de son sang reluire la splendeur :
Et Dieu, par sa voix même appuyant notre exemple,
De plus près à leur cœur parlera dans son temple.
Deux infidèles rois tour-à-tour l'ont bravé :
Il faut que sur le trône un roi soit élevé,
Qui se souvienne un jour qu'au rang de ses ancêtres
Dieu l'a fait remonter par la main de ses prêtres,
L'a tiré par leurs mains de l'oubli du tombeau,
Et de David éteint rallumé le flambeau.
Grand Dieu, si tu prévois qu'indigne de sa race
Il doive de David abandonner la trace :
Qu'il soit comme le fruit en naissant arraché,
Ou qu'un souffle ennemi dans sa fleur a séché !
Mais si ce même enfant à tes ordres docile,
Doit être à tes desseins un instrument utile,
Fais qu'au juste héritier le trône soit remis ;
Livre en mes faibles mains ses puissans ennemis ;
Confonds dans ses conseils une reine cruelle !
Daigne, daigne, mon Dieu, sur Mathan et sur elle
Répandre cet esprit d'imprudence et d'erreur,
De la chute des rois funeste avant-coureur !

Fin du premier Acte.

ACTE II.

SCENE PREMIERE.

ZACHARIE, JOSABET, SALOMITH.

JOSABET.

Mais que vois-je! Mon fils, quel sujet vous ramène ?
Où courez-vous ainsi tout pâle et hors d'haleine ?

ZACHARIE.

O ma mère!

JOSABET.

Hé bien ? quoi ?

ZACHARIE.

Le temple est profané!

JOSABET.

Comment ?

ZACHARIE.

Et du Seigneur l'autel abandonné.

JOSABET.

Je tremble. Hâtez-vous d'éclaircir votre mère.

ZACHARIE.

Déjà, selon la loi, le grand-prêtre mon père,
Après avoir au Dieu qui nourrit les humains
De la moisson nouvelle offert les premiers pains,
Lui présentait encore entre ses mains sanglantes
Des victimes de paix les entrailles fumantes;
Debout à ses côtés le jeune Eliacin
Comme moi le servait en long habit de lin;
Et cependant du sang de la chair immolée
Les prêtres arrosaient l'autel et l'assemblée:
Un bruit confus s'élève, et du peuple surpris
Détourne tout-à-coup les yeux et les esprits.
Une femme... peut-on la nommer sans blasphême!
Une femme.... C'était Athalie elle-même.

JOSABET.

Ciel!

ZACHARIE.

Dans un des parvis, aux hommes réservé,
Cette femme superbe entre, le front levé,
Et se préparait même à passer les limites
De l'enceinte sacrée ouverte aux seuls lévites.
Le peuple s'épouvante, et fuit de toutes parts.
Mon père.... ah! quel courroux animait ses regards.
Moïse à Pharaon parut moins formidable:
« Reine, sors, a-t-il dit, de ce lieu redoutable,

» D'où te bannit ton sexe et ton impiété.
» Viens-tu du Dieu vivant braver la majesté ?
La reine alors, sur lui jetant un œil farouche,
Pour blasphèmer sans doute ouvrait déjà sa bouche :
J'ignore si de Dieu l'ange se dévoilant
Est venu lui montrer un glaive étincelant;
Mais sa langue en sa bouche à l'instant s'est glacée,
Et toute son audace a paru terrassée ;
Ses yeux, comme effrayés, n'osaient se détourner :
Sur-tout Eliacin paraissait l'étonner.

JOSABET.

Quoi donc! Eliacin a paru devant elle ?

ZACHARIE.

Nous regardions tous deux cette reine cruelle,
Et d'une égale horreur nos cœurs étaient frappés :
Mais les prêtres bientôt nous ont enveloppés;
On nous a fait sortir. J'ignore tout le reste,
Et venais vous conter ce désordre funeste.

JOSABET.

Ah! de nos bras sans doute elle vient l'arracher;
Et c'est lui qu'à l'autel sa fureur vient chercher.
Peut-être en ce moment l'objet de tant larmes....
Souviens-toi de David, Dieu, qui vois mes allarmes!

SALOMITH.

Quel est-il, cet objet des pleurs que vous versez ?

ZACHARIE.

Les jours d'Eliacin seraient-ils menacés?

SALOMITH.

Aurait-il de la reine attiré la colère ?

ZACHARIE.

Que craint-on d'un enfant sans support et sans père ?

JOSABET.

Ah! la voici. Sortons : il la faut éviter.

SCENE II.

ATHALIE, AGAR, ABNER, SUITE D'ATHALIE.

AGAR.

Madame, dans ces lieux pourquoi vous arrêter ?
Ici tous les objets vous blessent, vous irritent.
Abandonnez ce temple aux prêtres qui l'habitent ;
Fuyez tout ce tumulte, et dans votre palais
A vos sens agités venez rendre la paix.

ATHALIE.

Non, je ne puis : tu vois mon trouble et ma faiblesse.
Va, fais dire à Mathan qu'il vienne, qu'il se presse.
Heureuse si je puis trouver par son secours
Cette paix que je cherche, et qui me fuit toujours !
(Elle s'assied.)

SCENE III.

ATHALIE, ABNER, SUITE D'ATHALIE.

ABNER.

Madame, pardonnez si j'ose le défendre:
Le zèle de Joad n'a point dû vous surprendre.
Du Dieu que nous servons tel est l'ordre éternel:
Lui-même il nous traça son temple et son autel,
Aux seuls enfans d'Aaron commit ses sacrifices,
Aux lévites marqua leur place et leurs offices,
Et sur-tout défendit à leur postérité
Avec tout autre dieu toute société.
Hé quoi! vous de nos rois et la femme et la mère,
Etes-vous à ce point parmi nous étrangère?
Ignorez-vous nos lois? et faut-il qu'aujourd'hui...
Voici votre Mathan; je vous laisse avec lui.

ATHALIE.

Votre présence, Abner, est ici nécessaire.
Laissons là de Joad l'audace téméraire,
Et tout ce vain amas de superstitions
Qui ferme votre temple aux autres nations:
Un sujet plus pressant excite mes alarmes.
Je sais que, dès l'enfance élevé dans les armes,
Abner a le cœur noble, et qu'il rend à-la-fois
Ce qu'il doit à son Dieu, ce qu'il doit à ses rois:
Demeurez.

SCENE IV.

ATHALIE, MATHAN, ABNER.
SUITE D'ATHALIE.

MATHAN.

Grande reine, est-ce ici votre place?
Quel trouble vous agite, et quel effroi vous glace?
Parmi vos ennemis que venez-vous chercher?
De ce temple profane osez-vous approcher?
Avez-vous dépouillé cette haine si vive...

ATHALIE.

Prêtez-moi l'un et l'autre une oreille attentive.
Je ne veux point ici rappeler le passé,
Ni vous rendre raison du sang que j'ai versé?
Ce que j'ai fait, Abner, j'ai cru le devoir faire.
Je ne prends point pour juge un peuple téméraire:
Quoi que son insolence ait osé publier,
Le ciel même a pris soin de me justifier.
Sur d'éclatans succès ma puissance établie
A fait jusqu'aux deux mers respecter Athalie:
Par moi Jérusalem goûte un calme profond;
Le Jourdain ne voit plus l'Arabe vagabon,

Ni l'altier Philistin par d'éternels ravages,
Comme au temps de vos rois, désoler ses rivages;
Le Syrien me traite et de reine et de sœur;
Enfin de ma maison le perfide oppresseur,
Qui devait jusqu'à moi pousser sa barbarie,
Jéhu, le fier Jéhu tremble dans Samarie;
De toutes parts pressé par un puissant voisin,
Que j'ai su soulever contre cet assassin,
Il me laisse en ces lieux souveraine maîtresse.
Je jouissais en paix du fruit de ma sagesse:
Mais un trouble importun vient depuis quelques jours
De mes prospérités interrompre le cours.
Un songe (me devrais-je inquiéter d'un songe)!
Entretient dans mon cœur un chagrin qui le ronge:
Je l'évite par-tout: par-tout il me poursuit.
C'était pendant l'horreur d'une profonde nuit;
Ma mère Jézabel devant moi s'est montrée,
Comme au jour de sa mort, pompeusement parée:
Ses malheurs n'avaient point abattu sa fierté;
Même elle avait encor cet éclat emprunté
Dont elle eut soin de peindre et d'orner son visage,
Pour réparer des ans l'irréparable outrage:
« Tremble, m'a-t-elle dit, fille digne de moi;
» Le cruel Dieu des Juifs l'emporte aussi sur toi.
» Je te plains de tomber dans ses mains redoutables,
» Ma fille. » En achevant ces mots épouvantables,
Son ombre vers mon lit a paru se baisser:
Et moi, je lui tendais les mains pour l'embrasser;
Mais je n'ai plus trouvé qu'un horrible mélange
D'os et de chair meurtris et traînés dans la fange,
Des lambeaux pleins de sang, et des membres affreux
Que des chiens dévorans se disputaient entre eux.

ABNER.

Grand Dieu!

ATHALIE.

Dans ce désordre à mes yeux se présente
Un jeune enfant couvert d'une robe éclatante,
Tel qu'on voit des Hébreux les prêtres revêtus.
Sa vue a ranimé mes esprits abattus:
Mais, lorsque, revenant de mon trouble funeste,
J'admirais sa douceur, son air noble et modeste,
J'ai senti tout-à-coup un homicide acier
Que le traître en mon sein a plongé tout entier.
De tant d'objets divers le bizarre assemblage
Peut-être du hasard vous paraît un ouvrage:
Moi-même quelque temps, honteuse de ma peur,
Je l'ai pris pour l'effet d'une sombre vapeur.
Mais de ce souvenir mon ame possédée
A deux fois en dormant revu la même idée;

Deux fois mes tristes yeux se sont vu retracer
Ce même enfant toujours tout prêt à me percer.
Lasse enfin des horreurs dont j'étais poursuivie,
J'allais prier Baal de veiller sur ma vie,
Et chercher du repos au pied de ses autels :
Que ne peut la frayeur sur l'esprit des mortels !
Dans le temple des Juifs un instinct m'a poussée,
Et d'appaiser leur Dieu j'ai conçu la pensée ;
J'ai cru que des présens calmeraient son courroux,
Que ce Dieu, quel qu'il soit, en deviendrait plus doux.
Pontife de Baal, excusez ma faiblesse.
J'entre. Le peuple fuit ; le sacrifice cesse ;
Le grand prêtre vers moi s'élance avec fureur :
Pendant qu'il me parlait, ô surprise ! ô terreur !
J'ai vu ce même enfant dont je suis menacée,
Tel qu'un songe effrayant l'a peint à ma pensée.
Je l'ai vu ; son même air, son même habit de lin,
Sa démarche, ses yeux, et tous ses traits enfin :
C'est lui-même. Il marchait à côté du grand-prêtre :
Mais bientôt à ma vue on l'a fait disparaître.
Voilà quel trouble ici m'oblige à m'arrêter,
Et sur quoi j'ai voulu tous deux vous consulter.
Que présage, Mathan, ce prodige incroyable ?

MATHAN.

Ce songe et ce rapport, tout me semble effroyable...

ATHALIE.

Mais cet enfant fatal, Abner, vous l'avez vu :
Quel est-il ? de quel sang ? et de quelle tribu ?

ABNER.

Deux enfans à l'autel prêtaient leur ministère :
L'un est fils de Joad, Josabet est sa mère ;
L'autre m'est inconnu.

MATHAN.

Pourquoi délibérer ?
De tous les deux, madame, il se faut assurer.
Vous savez pour Joad mes égards, mes mesures ;
Que je ne cherche point à venger mes injures ;
Que la seule équité règne en tous mes avis :
Mais lui-même, après tout, fût-ce son propre fils,
Voudrait-il un moment laisser vivre un coupable ?

ABNER.

De quel crime un enfant peut-il être capable ?

MATHAN.

Le ciel nous le fait voir un poignard à la main :
Le ciel est juste et sage, et ne fait rien en vain.
Que cherchez-vous de plus ?

ABNER.

Mais, sur la foi d'un songe,

Dans le sang d'un enfant voulez-vous qu'on se plonge?
Vous ne savez encor de quel père il est né,
Quel il est.

MATHAN,

On le craint; tout est examiné.
A d'illustres parens s'il doit son origine,
La splendeur de son sort doit hâter sa ruine:
Dans le vulgaire obscur si le sort l'a placé,
Qu'importe qu'au hasard un sang vil soit versé?
Est-ce aux rois à garder cette lente justice?
Leur sûreté souvent dépend d'un prompt supplice.
N'allons point les gêner d'un soin embarrassant:
Dès qu'on leur est suspect, on n'est plus innocent.

ABNER.

Hé quoi, Mathan! d'un prêtre est-ce là le langage?
Moi, nourri dans la guerre aux horreurs du carnage,
Des vengeances des rois ministre rigoureux,
C'est moi qui prête ici ma voix au malheureux!
Et vous, qui lui devez des entrailles de père,
Vous, ministre de paix dans les temps de colère,
Couvrant d'un zèle faux votre ressentiment,
Le sang à votre gré coule trop lentement!
Vous m'avez commandé de vous parler sans feinte,
Madame: quel est donc ce grand sujet de crainte?
Un songe, un faible enfant, que votre œil prevenu
Peut-être sans raison croit avoir reconnu.

ATHALIE.

Je le veux croire, Abner, je puis m'être trompée:
Peut-être un songe vain m'a trop préoccupée.
Hé bien, il faut revoir cet enfant de plus près;
Il en faut à loisir examiner les traits.
Qu'on les fasse tous deux paraître en ma présence.

ABNER.

Je crains....

ATHALIE

Manquerait-on pour moi de complaisance?
De ce refus bizarre où seraient les raisons?
Il pourrait me jeter en d'étranges soupçons.
Que Josabet, vous dis-je, ou Joad les amène.
Je puis, quand je voudrai, parler en souveraine.
Vos prêtres, je veux bien, Abner, vous l'avouer,
Des bontés d'Athalie ont lieu de se louer.
Je sais sur ma conduite et contre ma puissance
Jusqu'où de leurs discours ils portent la licence:
Ils vivent cependant, et leur temple est debout.
Mais je sens que bientôt ma douceur est à bout
Que Joad mette un frein à son zèle sauvage,
Et ne m'irrite point par un second outrage.
Allez.

SCENE V.

ATHALIE, MATHAN, SUITE D'ATHALIE.

MATHAN.

Enfin je puis parler en liberté;
Je puis dans tout son jour mettre la vérité.
Quelque monstre naissant dans ce temple s'élève,
Reine: n'attendez pas que le nuage crève.
Abner chez le grand-prêtre a devancé le jour:
Pour le sang de ses rois vous savez son amour.
Et qui sait si Joad ne veut point en leur place
Substituer l'enfant dont le ciel vous menace,
Soit son fils, soit quelque autre?

ATHALIE.

Oui, vous m'ouvrez les yeux:
Je commence à voir clair dans cet avis des cieux.
Mais je veux de mon doute être débarrassée:
Un enfant est peu propre à trahir sa pensée:
Souvent d'un grand dessein un mot nous fait juger.
Laissez-moi, cher Mathan, le voir, l'interroger..
Vous cependant, allez; et sans jeter d'alarmes,
A tous mes tyriens faites prendre les armes.

SCENE VI.

JOAS, JOSABET, ATHALIE, ZACHARIE, ABNER, SALOMITH, DEUX LEVITES, SUITE D'ATHALIE.

JOSABET, *aux deux lévites.*

O vous, sur ces enfans si chers, si précieux,
Ministres du Seigneur, ayez toujours les yeux.

ABNER, *à Josabet.*

Princesse, assurez-vous, je les prends sous ma garde.

ATHALIE.

Oh ciel! plus j'examine, et plus je le regarde...
C'est lui! D'horreur encor tous mes sens sont saisis.

(Montrant Joas.)

Epouse de Joad, est-ce là votre fils?

JOSABET.

Qui? lui, madame?

ATHALIE.

Lui.

JOSABET.

Je ne suis point sa mère.

(Montrant Zacharie.)

Voilà mon fils.

ATHALIE, *à Joas.*

Et vous, quel est donc votre père?
Jeune enfant, répondez.

JOSABET.

Le ciel jusqu'aujourd'hui...

ATHALIE, *à Josabet.*

Pourquoi vous pressez-vous de répondre pour lui?
C'est à lui de parler.

JOSABET.

Dans un âge si tendre
Quel éclaircissement en pouvez-vous attendre?

ATHALIE.

Cet âge est innocent : son ingénuité
N'altère point encor la simple vérité.
Laissez-le s'expliquer sur tout ce qui le touche.

JOSABET, *à part.*

Daigne mettre, grand Dieu, ta sagesse en sa bouche!

ATHALIE.

Comment vous nommez-vous?

JOAS.

J'ai nom Eliacin.

ATHALIE.

Votre père?

JOAS.

Je suis, dit-on un orphelin
Entre les bras de Dieu jeté dès ma naissance,
Et qui de mes parens n'eus jamais connaissance.

ATHALIE.

Vous êtes sans parens?

JOAS.

Ils m'ont abandonné.

ATHALIE.

Comment? et depuis quand?

JOAS.

Depuis que je suis né.

ATHALIE.

Ne sait-on pas au moins quel pays est le vôtre?

JOAS.

Ce temple est mon pays : je n'en connais point d'autre.

ATHALIE.

Où dit-on que le sort vous a fait rencontrer?

JOAS.

Parmi des loups cruels prêts à me devorer.

ATHALIE.

Qui vous mit dans ce temple?

JOAS.

Une femme inconnue,
Qui ne dit point son nom, et qu'on n'a point revue.

ATHALIE.

Mais de vos premiers ans quelles mains ont pris soin?

JOAS.

Dieu laissa-t-il jamais ses enfans au besoin ?
Aux petits des oiseaux il donne leur pâture,
Et sa bonté s'étend sur toute la nature.
Tous les jours je l'invoque, et d'un soin paternel
Il me nourrit des dons offerts sur son autel.

ATHALIE.

Quel prodige nouveau me trouble et m'embarrasse!
La douceur de sa voix, son enfance, sa grace,
Font insensiblement à mon inimitié
Succéder.... Je serais sensible à la pitié!

ABNER.

Madame, voilà donc cet ennemi terrible?
De vos songes menteurs l'imposture est visible;
A moins que la pitié, qui semble vous troubler,
Ne soit ce coup fatal qui vous faisait trembler.

ATHALIE, *à Joas et à Josabet.*

Vous sortez?

JOSABET.

Vous avez entendu sa fortune:
Sa présence à la fin pourrait être importune.

ATHALIE.

Non: revenez. Quel est tous les jours votre emploi?

JOAS.

J'adore le Seigneur; on m'explique sa loi;
Dans son livre divin on m'apprend à la lire;
Et déjà de ma main je commence à l'écrire.

ATHALIE.

Que vous dit cette loi?

JOAS.

Que Dieu veut être aimé;
Qu'il venge tôt ou tard son saint nom blasphémé;
Qu'il est le défenseur de l'orphelin timide;
Qu'il résiste au superbe, et punit l'homicide.

ATHALIE.

J'entends. Mais tout ce peuple enfermé dans ce lieu,
A quoi s'occupe-t-il?

JOAS.

Il loue, il bénit Dieu.

ATHALIE.

Dieu veut-il qu'à toute heure on prie, on le contemple?

JOAS.

Tout profane exercice est banni de son temple.

ATHALIE.

Quels sont donc vos plaisirs?

JOAS.

Quelquefois à l'autel
Je présente au grand-prêtre ou l'encens ou le sel;

J'entends chanter de Dieu les grandeurs infinies :
Je vois l'ordre pompeux de ses cérémonies.

ATHALIE.

Hé quoi! vous n'avez point de passe-temps plus doux?
Je plains le triste sort d'un enfant tel que vous.
Venez dans mon palais, vous y verrez ma gloire.

JOAS.

Moi! des bienfaits de Dieu je perdrais la mémoire!

ATHALIE.

Non, je ne vous veux pas contraindre à l'oublier.

JOAS.

Vous ne le priez point.

ATHALIE.

Vous pourrez le prier.

JOAS.

Je verrais cependant en invoquer un autre.

ATHALIE.

J'ai mon Dieu que je sers; vous servirez le vôtre:
Ce sont deux puissans Dieux.

JOAS.

Il faut craindre le mien:
Lui seul est Dieu, madame; et le vôtre n'est rien.

ATHALIE.

Les plaisirs près de moi vous chercheront en foule.

JOAS.

Le bonheur des méchans comme un torrent s'écoule.

ATHALIE.

Ces méchans, qui sont-ils?

JOSABET.

Hé madame! excusez
Un enfant....

ATHALIE, *à Josabet.*

J'aime à voir comme vous l'instruisez.
Enfin, Eliacin, vous avez su me plaire;
Vous n'êtes point sans doute un enfant ordinaire.
Vous voyez, je suis reine, et n'ai point d'héritier;
Laissez-là cet habit, quittez ce vil métier:
Je veux vous faire part de toutes mes richesses.
Essayez dès ce jour l'effet de mes promesses:
A ma table, par-tout, à mes côtés assis,
Je prétends vous traiter comme mon propre fils.

JOAS.

Comme votre fils!

ATHALIE.

Oui... Vous vous taisez?

JOAS.

Quel père
Je quitterais! et pour...

ATHALIE.

Hé bien ?

JOAS.

Pour quelle mère !

ATHALIE, *à Josabet.*

Sa mémoire est fidelle ; et, dans tout ce qu'il dit,
De vous et de Joad je reconnais l'esprit.
Voilà comme, infectant cette simple jeunesse,
Vous employez tous deux le calme où je vous laisse.
Vous cultivez déjà leur haine et leur fureur :
Vous ne leur prononcez mon nom qu'avec horreur.

JOSABET.

Peut-on de nos malheurs leur dérober l'histoire ?
Tout l'univers les sait ; vous-même en faites gloire.

ATHALIE.

Oui, ma juste fureur, et j'en fais vanité,
A vengé mes parens sur ma postérité.
J'aurais vu massacrer et mon père et mon frère,
Du haut de son palais précipiter ma mère,
Et dans un même jour égorger à-la-fois
(Quel spectacle d'horreur !) quatre-vingt fils de rois,
Et pourquoi ? pour venger je ne sais quels prophètes
Dont elle avait puni les fureurs indiscrètes :
Et moi, reine sans cœur, fille sans amitié,
Esclave d'une lâche et frivole pitié,
Je n'aurais pas du moins à cette aveugle rage
Rendu meurtre pour meurtre, outrage pour outrage,
Et de votre David traité tous les neveux
Comme on traitait d'Achab les restes malheureux !
Où serais-je aujourd'hui, si, domptant ma faiblesse,
Je n'eusse d'une mère étouffé la tendresse ;
Si de mon propre sang ma main versant des flots
N'eût par ce coup hardi réprimé vos complots ?
Enfin de votre Dieu l'implacable vengeance
Entre nos deux maisons rompit toute alliance :
David m'est en horreur ; et les fils de ce roi,
Quoique nés de mon sang, sont étrangers pour moi.

JOSABET.

Tout vous a réussi. Que Dieu voie, et nous juge.

ATHALIE.

Ce Dieu, depuis long-temps votre unique refuge,
Que deviendra l'effet de ses prédictions ?
Qu'il vous donne ce roi promis aux nations,
Cet enfant de David, votre espoir, votre attente....
Mais nous nous reverrons. Adieu. Je sors contente,
J'ai voulu voir ; j'ai vu.

ABNER, *à Josabet.*

Je vous l'avais promis ;
Je vous rends le dépôt que vous m'avez commis.

SCENE VII.

JOAD, JOSABET, JOAS, ZACHARIE, ABNER, SALOMITH, LEVITES.

JOSABET, *à Joad.*

Avez-vous entendu cette superbe reine,
Seigneur?

JOAD.

J'entendais tout, et plaignais votre peine.
Ces lévites et moi, prêts à vous secourir,
Nous étions avec vous résolus de périr.
(A Joas en l'embrassant.)
Que Dieu veille sur vous, enfant dont le courage
Vient de rendre à son nom ce noble témoignage!
Je reconnais, Abner, ce service important:
Souvenez-vous de l'heure où Joad vous attend.
Et nous, dont cette femme impie et meurtrière
A souillé les regards et troublé la prière,
Rentrons; et qu'un sang pur, par mes mains épanché,
Lave jusques au marbre où ses pas ont touché.

Fin du second Acte.

ACTE III.

SCENE PREMIERE.

ZACHARIE, MATHAN, NABAL.

MATHAN.

Approchons.

ZACHARIE.

Téméraire, où voulez-vous passer?
Au-delà de ce lieu gardez-vous d'avancer:
C'est des ministres saints la demeure sacrée;
Les lois à tout profane en défendent l'entrée.
Qui cherchez-vous? Mon père, en ce jour solemnel,
De l'idolâtre impur fuit l'aspect criminel:
Et devant le Seigneur maintenant prosternée
Ma mère en ce devoir craint d'être détournée.

MATHAN.

Mon fils, nous attendrons; cessez de vous troubler.
C'est votre illustre mère à qui je veux parler:
Je viens ici chargé d'un ordre de la reine.

SCENE II.

MATHAN, NABAL.

NABAL.

Leurs enfans ont déjà leur audace hautaine.
Mais que veut Athalie en cette occasion?
D'où naît dans ses conseils cette confusion?

Par l'insolent Joad ce matin offensée,
Et d'un enfant fatal en songe menacée,
Elle allait immoler Joad à son courroux,
Et dans ce temple enfin placer Baal et vous.
Vous m'en aviez déjà confié votre joie;
Et j'espérais ma part d'une si riche proie.
Qui fait changer ainsi ses vœux irrésolus?

MATHAN.

Ami, depuis deux jours je ne la connais plus.
Ce n'est plus cette reine éclairée, intrépide,
Elevée au-dessus de son sexe timide,
Qui d'abord accablait ses ennemis surpris,
Et d'un instant perdu connaissait tout le prix:
La peur d'un vain remords trouble cette grande ame;
Elle flotte, elle hésite; en un mot elle est femme.
J'avais tantôt rempli d'amertume et de fiel
Son cœur déjà saisi des menaces du ciel;
Elle-même, à mes soins confiant sa vengeance,
M'avait dit d'assembler sa garde en diligence:
Mais, soit que cet enfant devant elle amené,
De ses parens, dit-on, rebut infortuné,
Eût d'un songe effrayant diminué l'alarme,
Soit qu'elle eût même en lui vu je ne sais quel charme,
J'ai trouvé son courroux, chancelant, incertain,
Et déjà remettant sa vengeance à demain.
Tous ses projets semblaient l'un l'autre se détruire.
« Du sort de cet enfant je me suis fait instruire,
» Ai-je dit; on commence à vanter ses aïeux:
» Joad, de temps en temps le montre aux factieux,
» Le fait attendre aux Juifs comme un autre Moïse,
» Et d'oracles menteurs s'appuie et s'autorise. »
Ces mots ont fait monter la rougeur sur son front.
Jamais mensonge heureux n'eût un effet si prompt.
« Est-ce à moi de languir dans cette incertitude?
» Sortons, a-t-elle dit, sortons d'inquiétude.
» Vous-même à Josabet prononcez cet arrêt:
» Les feux vont s'allumer, et le fer est tout prêt;
» Rien ne peut de leur temple empêcher le ravage,
» Si je n'ai de leur foi cet enfant pour otage. »

NABAL.

Hé bien, pour un enfant qu'ils ne connaissent pas,
Que le hasard peut-être a jeté dans leurs bras,
Voudront-ils que leur temple enseveli sous l'herbe....

MATHAN.

Ah! de tous les mortels connais le plus superbe.
Plutôt que dans mes mains par Joad soit livré
Un enfant qu'à son Dieu Joad a consacré,
Tu lui verras subir la mort la plus terrible.

D'ailleurs pour cet enfant leur attache est visible.
Si j'ai bien de la reine entendu le récit,
Joad sur sa naissance en sait plus qu'il ne dit.
Quel qu'il soit je prévois qu'il leur sera funeste :
Ils le refuseront. Je prends sur moi le reste ;
Et j'espère qu'enfin de ce temple odieux
Et la flamme et le fer vont délivrer mes yeux.

NABAL.

Qui peut vous inspirer une haine si forte?
Est-ce que de Baal le zèle vous transporte ?
Pour moi, vous le savez, descendu d'Ismaël,
Je ne sers ni Baal, ni le dieu d'Israël.

MATHAN.

Ami, peux-tu penser que d'un zèle frivole
Je me laisse aveugler par une vaine idole,
Pour un fragile bois, que malgré mon secours
Les vers sur son autel consument tous les jours?
Né ministre du Dieu qu'en ce temple on adore,
Peut-être que Mathan le servirait encore,
Si l'amour des grandeurs, la soif de commander,
Avec son joug étroit pouvaient s'accommoder.
Qu'est-il besoin, Nabal, qu'à tes yeux je rappelle
De Joad et de moi la fameuse querelle,
Quand j'osai contre lui disputer l'encensoir;
Mes brigues, mes combats, mes pleurs, mon désespoir?
Vaincu par lui, j'entrai dans une autre carrière,
Et mon âme à la cour s'attacha toute entière.
J'approchai par degrés de l'oreille des rois ;
Et bientôt en oracle on érigea ma voix.
J'étudiai leur cœur, je flattai leurs caprices,
Je leur semai de fleurs le bord des précipices :
Près de leurs passions rien ne me fut sacré ;
De mesure et de poids je changeais à leur gré.
Autant que de Joad l'inflexible rudesse
De leur superbe oreille offensait la mollesse ;
Autant je les charmais par ma dextérité,
Dérobant à leurs yeux la triste vérité,
Prêtant à leur fureur des couleurs favorables,
Et prodigue surtout du sang des misérables.
Enfin, au dieu nouveau qu'elle avait introduit
Par les mains d'Athalie un temple fut construit.
Jérusalem pleura de se voir profanée ;
Des enfans de Lévi la troupe consternée
En poussa vers le ciel des hurlemens affreux :
Moi seul, donnant l'exemple aux timides Hébreux,
Déserteur de leur loi, j'approuvai l'entreprise,
Et par-là de Baal méritai la prêtrise :
Par-là je me rendis terrible à mon rival,
Je ceignis la tiare, et marchai son égal.

Toutefois, je l'avoue, en ce comble de gloire,
Du Dieu que j'ai quitté l'importune mémoire
Jette encore en mon âme un reste de terreur;
Et c'est ce qui redouble et nourrit ma fureur.
Heureux si, sur son temple achevant ma vengeance,
Je puis convaincre enfin sa haine d'impuissance,
Et parmi les débris, le ravage et les morts,
A force d'attentats perdre tous mes remords!
Mais voici Josabet.

SCENE III.

JOSABET, MATHAN, NABAL.

MATHAN.

Envoyé par la reine
Pour rétablir le calme et dissiper la haine,
Princesse, en qui le ciel mit un esprit si doux,
Ne vous étonnez pas si je m'adresse à vous.
Un bruit, que j'ai pourtant soupçonné de mensonge,
Appuyant les avis qu'elle a reçus en songe,
Sur Joad accusé de dangereux complots,
Allait de sa colère attirer tous les flots.
Je ne veux point ici vous vanter mes services:
De Joad contre moi je sais les injustices;
Mais il faut à l'offense opposer les bienfaits.
Enfin je viens chargé de paroles de paix.
Vivez, solemnisez vos fêtes sans ombrage.
De votre obéissance elle ne veut qu'un gage:
C'est (pour l'en détourner j'ai fait ce que j'ai pu)
Cet enfant sans parens, qu'elle dit qu'elle a vu.

JOSABET.

Eliacin?

MATHAN.

J'en ai pour elle quelque honte:
D'un vain songe peut-être elle fait trop de compte.
Mais vous vous déclarez ses mortels ennemis,
Si cet enfant sur l'heure en mes mains n'est remis.
La reine impatiente attend votre réponse.

JOSABET.

Et voilà de sa part la paix qu'on nous annonce!

MATHAN.

Pourriez-vous un moment douter de l'accepter?
D'un peu de complaisance est-ce trop l'acheter?

JOSABET.

J'admirais si Mathan, dépouillant l'artifice,
Avait pu de son cœur surmonter l'injustice,
Et si de tant de maux le funeste inventeur
De quelque ombre de bien pouvait être l'auteur.

MATHAN.

De quoi vous plaignez-vous? Vient-on avec furie
Arracher de vos bras votre fils Zacharie?
Quel est cet autre enfant si cher à votre amour?
Ce grand attachement me surprend à mon tour.
Est-ce un trésor pour vous si précieux, si rare?
Est-ce un libérateur que le ciel vous prépare?
Songez-y, vos refus pourraient me confirmer
Un bruit sourd que déjà l'on commence à semer.

JOSABET.

Quel bruit?

MATHAN.

Que cet enfant vient d'illustre origine;
Qu'à quelque grand projet votre époux le destine.

JOSABET.

Et Mathan, par ce bruit qui flatte sa fureur....

MATHAN.

Princesse, c'est à vous à me tirer d'erreur.
Je sais que, du mensonge implacable ennemie,
Josabet livrerait même sa propre vie
S'il fallait que sa vie à sa sincérité
Coûtât le moindre mot contre la vérité.
Du sort de cet enfant on n'a donc nulle trace?
Une profonde nuit enveloppe sa race?
Et vous-même ignorez de quels parens issu,
De quelles mains Joad dans ses bras l'a reçu?
Parlez, je vous écoute, et suis prêt de vous croire:
Au Dieu que vous servez, princesse, rendez gloire.

JOSABET.

Méchant, c'est bien à vous d'oser ainsi nommer
Un Dieu que votre bouche enseigne à blasphémer!
Sa vérité par vous peut-elle être attestée,
Vous, malheureux, assis dans la chaire empestée,
Où le mensonge règne et répand son poison;
Vous, nourri dans la fourbe et dans la trahison?

SCENE IV.

JOAD, JOSABET, MATHAN, NABAL.

JOAD.

Où suis-je? de Baal ne vois-je pas le prêtre?
Quoi! fille de David, vous parlez à ce traître?
Vous souffrez qu'il vous parle? et vous ne craignez pas
Que du fond de l'abyme entr'ouvert sous ses pas
Il ne sorte à l'instant des feux qui vous embrâsent,
Et qu'en tombant sur lui ces murs ne vous écrasent?
Que veut-il? de quel front cet ennemi de Dieu
Vient-il infecter l'air qu'on respire en ce lieu?

MATHAN.

On reconnaît Joad à cette violence.
Toutefois il devrait montrer plus de prudence,
Respecter une reine, et ne pas outrager
Celui que de son ordre elle a daigné charger.

JOAD.

Hé bien! que nous fait-elle annoncer de sinistre?
Quel sera l'ordre affreux qu'apporte un tel ministre?

MATHAN.

J'ai fait à Josabet savoir sa volonté.

JOAD.

Sors donc de devant moi, monstre d'impiété.
De toutes tes horreurs, va, comble la mesure.
Dieu s'apprête à te joindre à la race parjure,
Abiron, et Dathan, Doëg, Achitophel:
Les chiens à qui son bras a livré Jézabel,
Attendant que sur toi sa fureur se déploie,
Déjà sont à ta porte, et demandent leur proie.

MATHAN, *troublé.*

Avant la fin du jour.... on verra qui de nous...
Doit.... Mais sortons, Nabal.

NABAL.

Où vous égarez-vous?
De vos sens étonnés quel désordre s'empare?
Voilà votre chemin.

SCENE V.

JOAD, JOSABET.

JOSABET.

L'orage se déclare:
Athalie en fureur demande Éliacin.
Déjà de sa naissance et de votre dessein
On commence, seigneur, à percer le mystère:
Peu s'en faut que Mathan ne m'ait nommé son père.

JOAD.

Au perfide Mathan qui l'aurait révélé?
Votre trouble à Mathan n'a-t-il point trop parlé?

JOSABET.

J'ai fait ce que j'ai pu pour m'en rendre maîtresse.
Cependant, croyez-moi, seigneur, le péril presse.
Réservons cet enfant pour un temps plus heureux.
Tandis que les méchans délibèrent entre eux,
Avant qu'on l'environne, avant qu'on nous l'arrache,
Une seconde fois souffrez que je le cache;
Les portes, les chemins lui sont encore ouverts.
Faut-il le transporter aux plus affreux déserts?
Je suis prête; je sais une secrète issue
Par où, sans qu'on le voie, et sans être aperçue,

De Cédron avec lui traversant le torrent,
J'irai dans le désert où jadis en pleurant,
Et cherchant comme nous son salut dans la fuite,
David d'un fils rébelle évita la poursuite.
Je craindrai moins pour lui les lions et les ours....
Mais pourquoi de Jéhu refuser le secours ?
Je vous ouvre peut-être un avis salutaire.
Faisons de ce trésor Jéhu dépositaire :
On peut dans ses états le conduire aujourd'hui,
Et le chemin est court qui mène jusqu'à lui.
Jéhu n'a point un cœur farouche, inexorable;
De David à ses yeux le nom est favorable.
Hélas! est-il un roi si dur et si cruel,
A moins qu'il n'eût pour mère une autre Jézabel,
Qui d'un tel suppliant ne plaignît l'infortune ?
Sa cause à tous les rois n'est-elle pas commune ?

JOAD.

Quels timides conseils m'osez-vous suggérer!
En l'appui de Jéhu pourriez-vous espérer ?

JOSABET.

Dieu défend-il tout soin et toute prévoyance ?
Ne l'offense-t-on point par trop de confiance ?
A ses desseins sacrés employant les humains,
N'a-t-il pas de Jéhu lui-même armé les mains ?

JOAD.

Jéhu, qu'avait choisi la sagesse profonde,
Jéhu, sur qui je vois que votre espoir se fonde,
D'un oubli trop ingrat a payé ses bienfaits :
Jéhu laisse d'Achab l'affreuse fille en paix,
Suit des rois d'Israël les profanes exemples,
Du vil dieu de l'Egypte a conservé les temples;
Jéhu, sur les hauts lieux enfin osant offrir
Un téméraire encens que Dieu ne peut souffrir,
N'a pour servir sa cause et venger ses injures
Ni le cœur assez droit, ni les mains assez pures.
Non, non; c'est à Dieu seul qu'il nous faut attacher.
Montrons Eliacin; et, loin de le cacher,
Que du bandeau royal sa tête soit ornée :
Je veux même avancer l'heure déterminée,
Avant que de Mathan le complot soit formé.

SCÈNE VI.

JOAD, JOSABET, AZARIAS,

SUIVI DE PLUSIEURS LÉVITES.

JOAD.

Hé bien! Azarias, le temple est-il fermé ?

AZARIAS.

J'en ai fait devant moi fermer toutes les portes.

JOAD.

N'y reste-t-il que vous et vos saintes cohortes?

AZARIAS.

De ses parvis sacrés j'ai deux fois fait le tour.
Tout a fui, tous se sont séparés sans retour;
Misérable troupeau qu'a dispersé la crainte:
Et Dieu n'est plus servi que dans la tribu sainte.
Depuis qu'à Pharaon ce peuple est échappé,
Une égale terreur ne l'avait point frappé.

JOAD.

Peuple lâche en effet, et né pour l'esclavage,
Hardi contre Dieu seul! Poursuivons notre ouvrage.
Mais qui retient encor ces enfans parmi nous?

ZACHARIE.

Hé! pourrions-nous, seigneur, nous séparer de vous?

JOAD.

Voilà donc quels vengeurs s'arment pour ta querelle,
Des prêtres, des enfans, ô sagesse éternelle!
Mais, si tu les soutiens, qui peut les ébranler?
Du tombeau, quand tu veux, tu sais nous rappeler,
Tu frappes et guéris, tu perds et ressuscites.
Ils ne s'assurent point en leurs propres mérites;
Mais en ton nom sur eux invoqué tant de fois,
En tes sermens jurés au plus saint de leurs rois,
En ce temple où tu fais ta demeure sacrée,
Et qui doit du soleil égaler la durée.
Mais d'où vient que mon cœur frémit d'un saint effroi,
Est-ce l'esprit divin qui s'empare de moi?
C'est lui-même: il m'échauffe; il parle; mes yeux s'ouvrent,
Et les siècles obscurs devant moi se découvrent.
Lévites, de vos sons prêtez-moi les accords,
Et de ses mouvemens secondez les transports.
Cieux, écoutez ma voix. Terre, prête l'oreille.
Ne dis plus, ô Jacob, que ton Seigneur sommeille.
Pécheurs, disparaissez; le Seigneur se réveille.

Ici recommence la symphonie, et Joad aussitôt reprend la parole.

Comment en un plomb vil l'or pur s'est-il changé?...
Quel est dans le lieu saint ce pontife égorgé?...
Pleure, Jérusalem, pleure, cité perfide,
Des prophètes divins malheureuse homicide;
De son amour pour toi ton Dieu s'est dépouillé,
Ton encens à ses yeux est un encens souillé.....
Où menez-vous ces enfans et ces femmes?
Le Seigneur a détruit la reine des cités:
Ses prêtres sont captifs, ses rois sont rejetés.
Dieu ne veut plus qu'on vienne à ses solemnités.
Temple, renverse-toi. Cèdres, jetez des flammes,

Jérusalem, objet de ma douleur,
Quelle main en un jour t'a ravi tous tes charmes?
Qui changera mes yeux en deux sources de larmes
Pour pleurer ton malheur?

AZARIAS

O saint temple!

JOSABET.

O David!

ISMAEL.

Dieu de Sion, rappelle,
Rapelle en sa faveur tes antiques bontés.

La symphonie recommence encore, et Joad, un moment après, l'interrompt.

Quelle Jérusalem nouvelle
Sort du fond du désert brillante de clarté,
Et porte sur le front une marque immortelle?
Peuples de la terre, chantez.
Jérusalem renaît plus charmante et plus belle:
D'où lui viennent de tous côtés
Ces enfans qu'en son sein elle n'a point portés?
Lève, Jérusalem, lève ta tête altière;
Regarde tous ces rois de ta gloire étonnés:
Les rois des nations, devant toi prosternés,
De tes pieds baisent la poussière:
Les peuples à l'envi marchent à ta lumière.
Heureux qui pour Sion d'une sainte ferveur
Sentira son âme embrâsée!
Cieux, répandez votre rosée,
Et que la terre enfante son Sauveur!

JOSABET.

Hélas! d'où nous viendra cette insigne faveur,
Si les rois de qui doit descendre ce Sauveur...

JOAD.

Préparez, Josabet, le riche diadême
Que sur son front sacré David porta lui-même.
(Aux levites.)
Et vous, pour vous armer suivez-moi dans ces lieux
Où se garde caché, loin des profanes yeux,
Ce formidable amas de lances et d'épées
Qui du sang philistin jadis furent trempées.
Et que David vainqueur, d'ans et d'honneurs chargé,
Fit consacrer au Dieu qui l'avait protégé.
Peut-on les employer pour un plus noble usage?
Venez, je veux moi-même en faire le partage.

Fin du troisième Acte.

ACTE IV.

SCÈNE PREMIÈRE.

JOAS, JOSABET, ZACHARIE, SALOMITH, UN LEVITE.

JOSABET, *à Zacharie.*

Mon fils, avec respect posez sur cette table
De notre sainte loi le livre redoutable.
Et vous aussi, posez, aimable Eliacin,
Cet auguste bandeau près du livre divin.
Lévite, il faut placer, Joad ainsi l'ordonne,
Le glaive de David auprès de sa couronne.

JOAS.

Princesse, quel est donc ce spectacle nouveau ?
Pourquoi ce livre saint, ce glaive, ce bandeau ?
Depuis que le Seigneur m'a reçu dans son temple,
D'un semblable appareil je n'ai point vu d'exemple.

JOSABET.

Tous vos doutes, mon fils, bientôt s'éclairciront.

JOAS.

Vous voulez essayer ce bandeau sur mon front ?
Ah princesse ! gardez d'en profaner la gloire !
Du roi qui l'a porté respectez la mémoire.
Un malheureux enfant aux ours abandonné....

JOSABET, *lui essayant le diadême.*

Laissez, mon fils : je fais ce qui m'est ordonné.

JOAS.

Mais j'entends les sanglots sortir de votre bouche !
Princesse, vous pleurez ! quelle pitié vous touche ?
Est-ce qu'en holocauste aujourd'hui présenté
Je dois, comme autrefois la fille de Jephté,
Du Seigneur par ma mort appaiser la colère ?
Hélas ! un fils n'a rien qui ne soit à son père.

JOSABET.

Voici qui vous dira les volontés des cieux.
Ne craignez rien. Et nous, sortons tous de ces lieux.

SCENE II.

JOAD, JOAS.

JOAS, *courant dans les bras du grand-prêtre.*

Mon père !

JOAD.

Hé bien, mon fils ?

JOAS.

Qu'est-ce donc qu'on prépare ?

JOAD.

Il est juste, mon fils, que je vous le déclare.
Il faut que vous soyez instruit, même avant tous,
Des grands desseins de Dieu sur son peuple et sur vous.
Armez-vous d'un courage et d'une foi nouvelle;
Il est temps de montrer cette ardeur et ce zèle
Qu'au fond de votre cœur mes soins ont cultivés
Et de payer à Dieu ce que vous lui devez.
Sentez-vous cette noble et généreuse envie ?

JOAS.

Je me sens prêt, s'il veut, de lui donner ma vie.

JOAD.

On vous a lu souvent l'histoire de nos rois :
Vous souvient-il, mon fils, quelles étroites lois
Doit s'imposer un roi digne du diadême?

JOAS.

Un roi sage, ainsi Dieu l'a prononcé lui-même,
Sur la richesse et l'or ne met point son appui;
Craint le Seigneur son Dieu; sans cesse a devant lui
Ses préceptes, ses lois, ses jugemens sévères,
Et d'injustes fardeaux n'accable point ses frères.

JOAD.

Mais sur l'un de ces rois s'il fallait vous régler,
A qui choisiriez-vous, mon fils, de ressembler?

JOAS.

David, pour le Seigneur plein d'un amour fidèle,
Me paraît des grands rois le plus parfait modèle.

JOAD.

Ainsi dans leurs excès vous n'imiteriez pas
L'infidèle Joram, l'impie Ochozias?

JOAS.

O mon père!

JOAD.

Achevez, dites: que vous en semble?

JOAS.

Puisse périr comme eux quiconque leur ressemble!
(Joad se prosterne à ses pieds.)
Mon père, en quel état vous vois-je devant moi!

JOAD.

Je vous rends le respect que je dois à mon roi.
De votre aïeul David, Joas, rendez-vous digne.

JOAS.

Joas! moi?

JOAD, *se relevant.*

Vous saurez par quelle grace insigne,
D'une mère en fureur Dieu trompant le dessein,
Quand déjà son poignard était dans votre sein,
Vous choisit, vous sauva du milieu du carnage.

Vous n'êtes pas encore échappé de sa rage :
Avec la même ardeur qu'elle voulut jadis
Perdre en vous le dernier des enfans de son fils,
A vous faire périr sa cruauté s'attache,
Et vous poursuit encor sous le nom qui vous cache.
Mais sous vos étendards j'ai déjà su ranger
Un peuple obéissant et prompt à vous venger.
Entrez, généreux chefs des familles sacrées
Du ministère saint tour-à-tour honorées.

SCÈNE III.

JOAS, JOAD, AZARIAS, ISMAEL, TROIS AUTRES CHEFS DES LEVITES.

JOAD.

Roi, voilà vos vengeurs contre vos ennemis.
Prêtres, voilà le roi que je vous ai promis.

AZARIAS.

Quoi ! c'est Eliacin ?

ISMAEL.

Quoi ! cet enfant aimable....

JOAD.

Est des rois de Juda l'héritier véritable,
Dernier né des enfans du triste Ochozias,
Nourri, vous le savez, sous le nom de Joas.
De cette fleur si tendre et sitôt moissonnée
Tout Juda, comme vous, plaignant la destinée,
Avec ses frères morts le crut enveloppé.
Du perfide couteau comme eux il fut frappé :
Mais Dieu du coup mortel sut détourner l'atteinte,
Conserva dans son cœur la chaleur presque éteinte,
Permit que des bourreaux trompant l'œil vigilant,
Josabet dans son sein l'emportât tout sanglant,
Et, n'ayant de son vol que moi seul pour complice,
Dans le temple cachât l'enfant et la nourrice.

JOAS.

Hélas ! de tant d'amour et de tant de bienfaits,
Mon père, quel moyen de m'acquitter jamais ?

JOAD.

Gardez pour d'autres temps cette reconnaissance :
Voilà donc votre roi, votre unique espérance :
J'ai pris soin jusqu'ici de vous le conserver ;
Ministres du Seigneur, c'est à vous d'achever.
Bientôt de Jézabel la fille meurtrière,
Instruite que Joas voit encor la lumière,
Dans l'horreur du tombeau viendra le replonger :
Déjà, sans le connaître, elle veut l'égorger.
Prêtres saints, c'est à vous de prévenir sa rage :
Il faut finir des Juifs le honteux esclave,

Venger vos princes morts, relever votre loi,
Et faire aux deux tribus reconnaître leur roi,
L'entreprise, sans doute, est grande et périlleuse;
J'attaque sur son trône une reine orgueilleuse,
Qui voit sous ses drapeaux marcher un camp nombreux
De hardis étrangers, d'infidèles Hébreux:
Mais ma force est au Dieu dont l'intérêt me guide.
Songez qu'en cet enfant tout Israël réside.
Déjà ce Dieu vengeur commence à la troubler;
Déjà, trompant ses soins, j'ai su vous rassembler;
Elle nous croit ici sans armes, sans défense.
Couronnons, proclamons Joas en diligence:
De là, du nouveau prince intrépides soldats,
Marchons, en invoquant l'arbitre des combats;
Et, réveillant la foi dans les cœurs endormie,
Jusques dans son palais cherchons notre ennemie.
Et quels cœurs si plongés dans un lâche sommeil,
Nous voyant avancer dans ce saint appareil,
Ne s'empresseront pas à suivre notre exemple!
Un roi que Dieu lui-même a nourri dans son temple;
Le successeur d'Aaron, de ses prêtres suivi,
Conduisant au combat les enfans de Lévi;
Et dans ces mêmes mains des peuples révérées,
Les armes au Seigneur par David consacrées!
Dieu sur ses ennemis répandra sa terreur.
Dans l'infidèle sang baignez-vous sans horreur;
Frappez et Tyriens et même Israélites.
Ne descendez-vous pas de ces fameux lévites
Qui, lorsqu'au Dieu du Nil le volage Israël
Rendit dans le désert un culte criminel,
De leurs plus chers parens saintement homicides,
Consacrèrent leurs mains dans le sang des perfides;
Et, par ce noble exploit vous acquirent l'honneur
D'être seuls employés aux autels du Seigneur?
Mais je vois que déjà vous brûlez de me suivre.
Jurez donc avant tout sur cet auguste livre,
A ce roi que le ciel vous redonne aujourd'hui,
De vivre, de combattre, et de mourir pour lui.

AZARIAS, *au bout de la table, ayant la main sur le livre saint.*

Oui, nous jurons ici pour nous, pour tous nos frères,
De rétablir Joas au trône de ses pères,
De ne poser le fer entre nos mains remis,
Qu'après l'avoir vengé de tous ses ennemis.
Si quelque transgresseur enfreint cette promesse,
Qu'il éprouve, grand Dieu, ta fureur vengeresse;
Qu'avec lui ses enfans, de ton partage exclus,
Soient au rang de ces morts que tu ne connais plus!

JOAD.

Et vous, à cette loi, votre règle éternelle,
Roi, ne jurez-vous pas d'être toujours fidèle?

JOAS.

Pourrais-je à cette loi ne pas me conformer?

JOAD.

O mon fils! de ce nom j'ose encor vous nommer,
Souffrez cette tendresse, et pardonnez aux larmes
Que m'arrachent pour vous de trop justes alarmes;
Loin du trône nourri, de ce fatal honneur,
Hélas! vous ignorez le charme empoisonneur;
De l'absolu pouvoir vous ignorez l'ivresse,
Et des lâches flatteurs la voix enchanteresse.
Bientôt ils vous diront que les plus saintes lois,
Maîtresses du vil peuple, obéissent aux rois;
Qu'un roi n'a d'autre frein que sa volonté même;
Qu'il doit immoler tout à sa grandeur suprême;
Qu'aux larmes, au travail, le peuple est condamné,
Et d'un sceptre de fer veut être gouverné;
Que, s'il n'est opprimé, tôt ou tard il opprime.
Ainsi de piège en piège, et d'abyme en abyme,
Corrompant de vos mœurs l'aimable pureté,
Ils vous feront enfin haïr la vérité,
Vous peindront la vertu sous une affreuse image.
Hélas! ils ont des rois égaré le plus sage.
Promettez sur ce livre, et devant ces témoins,
Que Dieu fera toujours le premier de vos soins;
Que, sévère aux méchans, et des bons le refuge,
Entre le pauvre et vous, vous prendrez Dieu pour juge;
Vous souvenant, mon fils, que, caché sous ce lin,
Comme eux vous fûtes pauvre, et comme eux orphelin.

JOAS, *au milieu de la table, ayant la main sur le livre saint.*

Je promets d'observer ce que la loi m'ordonne.
Mon Dieu, punissez-moi si je vous abandonne!

JOAD.

Venez; de l'huile sainte il faut vous consacrer.
Paraissez, Josabet; vous pouvez vous montrer.

SCÈNE IV.

LES PRÉCÉDENS, JOSABET, ZACHARIE, SALOMITH.

JOSABET, *embrassant Joas.*

O roi, fils de David!

JOAS.

O mon unique mère!
Venez, cher Zacharie, embrasser votre frère.

JOSABET, *à Zacharie.*

Aux pieds de votre roi prosternez-vous, mon fils.

(Zacharie se jette aux pieds de Joas.)

JOAD, *pendant qu'ils s'embrassent.*

Enfans, ainsi toujours puissiez-vous être unis !

JOSABET, *à Joas.*

Vous savez donc quel sang vous a donné la vie ?

JOAS.

Et je sais quelle main sans vous me l'eût ravie.

JOSABET.

De votre nom, Joas, je puis donc vous nommer.

JOAS.

Joas ne cessera jamais de vous aimer.

UN LÉVITE.

Quoi ! c'est là...

JOSABET.

C'est Joas.

JOAD.

Ecoutons ce lévite.

SCÈNE V.

LES PRÉCÉDENS, UN LÉVITE.

UN LÉVITE.

J'ignore contre Dieu quel projet on médite ;
Mais l'airain menaçant frémit de toutes parts ;
On voit luire des feux parmi des étendards,
Et sans doute Athalie assemble son armée :
Déjà même au secours toute voie est fermée :
Déjà le sacré mont, où le temple est bâti,
D'insolens Tyriens est partout investi ;
L'un d'eux, en blasphémant, vient de nous faire entendre
Qu'Abner est dans les fers, et ne peut nous défendre.

JOSABET, *à Joas.*

Cher enfant, que le ciel en vain m'avait rendu,
Hélas! pour vous sauver j'ai fait ce que j'ai pu :
Dieu ne se souvient plus de David votre père.

JOAD, *à Josabet.*

Quoi! vous ne craignez pas d'attirer sa colère
Sur vous et sur ce roi si cher à votre amour ?
Et quand Dieu, de vos bras l'arrachant sans retour,
Voudrait que de David la maison fût éteinte,
N'êtes-vous pas ici sur la montagne sainte
Où le père des juifs sur son fils innocent
Leva sans murmurer un bras obéissant,
Et mit sur un bûcher ce fruit de sa vieillesse,
Laissant à Dieu le soin d'accomplir sa promesse,
Et lui sacrifiant, avec ce fils aimé,

Tout l'espoir de sa race en lui seul renfermé ?
Amis, partageons-nous. Qu'Ismaël en sa garde
Prenne tout le côté que l'orient regarde ;
Vous, le côté de l'ourse ; et vous, de l'occident ;
Vous le midi. Qu'aucun par un zèle imprudent,
Découvrant mes desseins, soit prêtre, soit lévite,
Ne sorte avant le temps et ne se précipite ;
Et que chacun enfin, d'un même esprit poussé,
Garde en mourant le poste où je l'aurai placé.
L'ennemi nous regarde, en son aveugle rage,
Comme de vils troupeaux réservés au carnage,
Et croit ne rencontrer que désordre et qu'effroi.
Qu'Azarias par-tout accompagne le roi.

(A Joas.)

Venez, cher rejeton d'une vaillante race,
Remplir vos défenseurs d'une nouvelle audace ;
Venez du diadême à leurs yeux vous couvrir ;
Et périssez du moins en roi, s'il faut périr.

(A un lévite.)

Suivez-le, Josabet. Vous, donnez-moi ces armes.
Enfans, offrez à Dieu vos innocentes larmes.

Fin du quatrième Acte.

ACTE V.

SCÈNE PREMIÈRE.

ZACHARIE, SALOMITH, JEUNES FILLES.

SALOMITH.

Cher Zacharie, hé bien ? que nous apprenez-vous ?

ZACHARIE.

Redoublez au Seigneur votre ardente prière :
Peut-être nous touchons à notre heure dernière ;
Pour l'horible combat, ma sœur, l'ordre est donné.

SALOMITH.

Que fait Joas ?

ZACHARIE.

Joas vient d'être couronné :
Le grand-prêtre a sur lui répandu l'huile sainte.
Oh ciel ! dans tous les yeux quelle joie était peinte
A l'aspect de ce roi racheté du tombeau !
Ma sœur, on voit encor la marque du couteau :
On voit paraître aussi sa fidelle nourrice,
Qui, cachée en un coin de ce vaste édifice,
Gardait ce cher dépôt, et n'avait de ses soins
Que les yeux de ma mère et que Dieu pour témoins ;
Nos lévites pleuraient de joie et de tendresse,
Et mêlaient leurs sanglots à leurs cris d'allégresse.

Lui, parmi ces transports, affable et sans orgueil,
A l'un tendait la main, flattait l'autre de l'œil,
Jurait de se régler par leurs avis sincères,
Et les appelait tous ses pères ou ses frères.

SALOMITH.

Ce secret au dehors est-il aussi semé?

ZACHARIE.

Ce secret dans le temple est encor renfermé.
Des enfans de Lévi la troupe partagée
Dans un profond silence aux portes s'est rangée.
Tous doivent à-la-fois précipiter leurs pas,
Et crier pour signal vive le roi Joas!
Mais mon père défend que le roi se hasarde,
Et veut qu'Azarias demeure pour sa garde.
Cependant Athalie, un poignard à la main,
Rit des faibles remparts de nos portes d'airain.
Pour les rompre, elle attend les fatales machines,
Et ne respire enfin que sang et que ruines.
Quelques prêtres, ma sœur, ont d'abord proposé
Qu'en un lieu souterrain par nos pères creusé
On renfermât du moins notre arche précieuse.
O crainte, a dit mon père, indigne, injurieuse!
L'arche qui fit tomber tant de superbes tours,
Et força le Jourdain de rebrousser son cours,
Des dieux des nations tant de fois triomphante,
Fuirait donc à l'aspect d'une femme insolente!
Ma mère, auprès du roi, dans un trouble mortel,
L'œil tantôt sur ce prince, et tantôt vers l'autel,
Muette et succombant sous le poids des alarmes,
Aux yeux les plus cruels arracherait des larmes.
Le roi de temps en temps la presse dans ses bras,
La flatte... Chères sœurs, suivez toutes mes pas;
Et s'il faut aujourd'hui que notre roi périsse
Allons, qu'un même sort avec lui nous unisse.

SALOMITH.

Quelle insolente main frappe à coups redoublés?
Qui fait courir ainsi ces lévites troublés?
Quelle précaution leur fait cacher leurs armes?
Le temple est-il forcé?

ZACHARIE.

Dissipez vos alarmes;
Dieu nous envoie Abner.

SCÈNE II.

ABNER, JOAD, JOSABET, ZACHARIE, SALOMITH, ISMAEL, DEUX LÉVITES.

JOAD.

En croirai-je mes yeux,

Cher Abner ? quel chemin a pu jusqu'en ces lieux
Vous conduire au travers d'un camp qui nous assiége ?
On disait que d'Achab la fille sacrilége
Avait pour assurer ses projets inhumains,
Chargé d'indignes fers vos généreuses mains.

ABNER.

Oui, seigneur ; elle a craint mon zèle et mon courage ;
Mais c'est le moindre prix que me gardait sa rage.
Dans l'horreur d'un cachot par son ordre enfermé,
J'attendais que, le temple en cendre consumé,
De tant de flots de sang non encore assouvie,
Elle vînt m'affranchir d'une importune vie,
Et retrancher des jours qu'aurait dû mille fois
Terminer la douleur de survivre à mes rois.

JOAD.

Par quel miracle a-t-on obtenu votre grace ?

ABNER.

Dieu dans ce cœur cruel sait seul ce qui se passe.
Elle m'a fait venir ; et d'un air égaré :
« Tu vois de mes soldats tout ce temple entouré,
» Dit-elle ; un feu vengeur va le réduire en cendre ;
» Et ton Dieu contre moi ne le saurait défendre.
» Ses prêtres toutefois, mais il faut se hâter,
» A deux conditions peuvent se racheter.
» Qu'avec Eliacin on mette en ma puissance
» Un trésor dont je sais qu'ils ont la connaissance,
» Par votre roi David autrefois amassé,
» Sous le sceau du secret au grand-prêtre laissé.
» Va, dis-leur qu'à ce prix je leur permets de vivre. »

JOAD.

Quel conseil, cher Abner, croyez-vous qu'on doit suivre ?

ABNER.

Et tout l'or de David, s'il est vrai qu'en effet
Vous gardiez de David quelque trésor secret ;
Et tout ce que des mains de cette reine avare
Vous avez pu sauver et de riche et de rare,
Donnez-le. Voulez-vous que d'impurs assassins
Viennent briser l'autel, brûler les chérubins,
Et, portant sur notre arche une main téméraire,
De votre propre sang souiller le sanctuaire ?

JOAD.

Mais siérait-il, Abner, à des cœurs généreux
De livrer au supplice un enfant malheureux,
Un enfant que Dieu même à ma garde confie,
Et de nous racheter aux dépens de sa vie ?

ABNER.

Hélas ! Dieu voit mon cœur. Plût à ce Dieu puissant
Qu'Athalie oubliât un enfant innocent,

Et que du sang d'Abner sa cruauté contente
Crût calmer par ma mort le ciel qui la tourmente!
Mais que peuvent pour lui vos inutiles soins ?
Quand vous périrez tous, en périra-t-il moins ?
Dieu vous ordonne-t-il de tenter l'impossible ?
Pour obéir aux lois d'un tyran inflexible,
Moïse, par sa mère au Nil abandonné,
Se vit, presqu'en naissant, à périr condamné :
Mais Dieu, le conservant contre toute espérance,
Fit par le tyran même élever son enfance.
Qui sait ce qu'il réserve à votre Eliacin ;
Et si lui préparant un semblable destin,
Il n'a point de pitié déjà rendu capable
De nos malheureux rois l'homicide implacable ?
Du moins, et Josabet comme moi l'a pu voir,
Tantôt à son aspect je l'ai vu s'émouvoir ;
J'ai vu de son courroux tomber la violence.

(A Josabet.)

Princesse, en ce péril vous gardez le silence ?
Hé quoi! pour un enfant qui vous est étranger
Souffrez-vous que sans fruit Joad laisse égorger
Vous, son fils, tout ce peuple, et que le feu dévore
Le seul lieu sur la terre où Dieu veut qu'on l'adore ?
Que feriez-vous de plus si des rois vos aïeux
Ce jeune enfant était un reste précieux ?

JOSABET, *bas à Joad.*

Pour le sang de ses rois vous voyez sa tendresse :
Que ne lui parlez-vous ?

JOAD.

Il n'est pas temps, princesse.

ABNER.

Le temps est cher, seigneur, plus que vous ne pensez.
Tandis qu'à me répondre ici vous balancez,
Mathan près d'Athalie, étincelant de rage
Demande le signal, et presse le carnage.
Faut-il que je me jette à vos sacrés genoux ?
Au nom du lieu si saint qui n'est ouvert qu'à vous,
Lieu terrible, où de Dieu la majesté repose,
Quelque dure que soit la loi qu'on vous impose,
De ce coup imprévu songeons à nous parer.
Donnez-moi seulement le temps de respirer :
Demain, dès cette nuit, je prendrai des mesures
Pour assurer le temple et venger ses injures.
Mais je vois que mes pleurs et que mes vains discours
Pour vous persuader sont un faible secours ;
Votre austère vertu n'en peut être frappée :
Eh bien, trouvez-moi donc quelque arme, quelque épée ;

Et qu'aux portes du temple, où l'ennemi m'attend,
Abner puisse du moins mourir en combattant.

JOAD.

Je me rends. Vous m'ouvrez un avis que j'embrasse :
De tant de maux, Abner, détournons la menace.
Il est vrai, de David un trésor est resté ;
La garde en fut commise à ma fidélité ;
C'était des tristes Juifs l'espérance dernière ;
Que mes soins vigilans cachaient à la lumière ;
Mais puisque à votre reine il faut le découvrir ;
Je vais la contenter ; nos portes vont s'ouvrir.
De ses plus braves chefs qu'elle entre accompagnée ;
Mais de nos saints autels qu'elle tienne éloignée
D'un ramas d'étrangers l'indiscrète fureur :
Du pillage du temple épargnez-moi l'horreur.
Des prêtres, des enfans lui feraient-ils quelque ombre ?
De sa suite avec vous qu'elle règle le nombre.
Et quant à cet enfant si craint, si redouté,
De votre cœur, Abner, je connais l'équité ;
Je vous veux devant elle expliquer sa naissance ;
Vous verrez s'il le faut remettre en sa puissance,
Et je vous ferai juge entre Athalie et lui.

ABNER.

Ah ! je le prends déjà, seigneur, sous mon appui ;
Ne craignez rien. Je cours vers celle qui m'envoie. (*Il sort.*)

JOAD.

Grand Dieu, voici ton heure ; on t'amène ta proie !
Ismaël, écoutez. (*Il lui parle bas.*)

JOSABET.

Puissant maître des cieux,
Remets-lui le bandeau dont tu couvris ses yeux
Lorsque, lui dérobant tout le fruit de son crime,
Tu cachas dans mon sein cette tendre victime !

JOAD.

Allez, sage Ismaël, ne perdez point de temps ;
Suivez de point en point ces ordres importans ;
Surtout qu'à son entrée et que sur son passage
Tout d'un calme profond lui présente l'image.
Vous, enfans, préparez un trône pour Joas ;
Qu'il s'avance suivi de nos sacrés soldats.
Faites venir aussi sa fidelle nourrice,
Princesse, et de vos pleurs que la source tarisse.
(*A un lévite.*)
Vous, dès que cette reine, ivre d'un fol orgueil,
De la porte du temple aura passé le seuil,
Qu'elle ne pourra plus retourner en arrière,
Prenez soin qu'à l'instant la trompette guerrière
Dans le camp ennemi jette un subit effroi :
Appelez tout le peuple au secours de son roi ;

Et faites retentir jusques à son oreille
De Joas conservé l'étonnante merveille.
Il vient.

SCÈNE III.

JOAS, JOAD, JOSABET, ZACHARIE, SALOMITH, AZARIAS, TROUPES DE PRÊTRES ET DE LEVITES.

JOAD.

Lévites saints, prêtres de notre Dieu,
Partout sans vous montrer, environnez ce lieu;
Et, laissant à mes soins gouverner votre zèle,
Pour paraître, attendez que ma voix vous appelle.
(Ils se cachent tous.)
Roi, je crois qu'à vos vœux cet espoir est permis.
Venez voir à vos pieds tomber vos ennemis.
Celle dont la fureur poursuivit votre enfance
Vers ces lieux à grands pas pour vous perdre s'avance;
Mais ne la craignez point; songez qu'autour de vous
L'ange exterminateur est debout avec nous.
Montez sur votre trône, et.... Mais la porte s'ouvre;
Permettez un moment que ce voile vous couvre.
(Il tire un rideau.)
Vous changez de couleur, princesse!

JOSABET.

Ah! sans pâlir
Puis-je voir d'assassins le temple se remplir?
Quoi! ne voyez-vous pas quelle nombreuse escorte....

JOAD.

Je vois que du saint temple on referme la porte. . .
Tout est en sûreté.

SCENE IV.

ATHALIE, JOAS, JOAD, JOSABET, ABNER, SUITE D'ATHALIE (*Joas est caché derrière le rideau*).

ATHALIE, *à Joad.*

Te voilà, séducteur,
De ligues, de complots, pernicieux auteur,
Qui dans le trouble seul a mis tes espérances,
Éternel ennemi des suprêmes puissances!
En l'appui de ton Dieu tu t'étais reposé.
De ton espoir frivole es-tu désabusé?
Il laisse en mon pouvoir et son temple et ta vie.
Je devrais sur l'autel où ta main sacrifie
Te.... Mais du prix qu'on m'offre il faut me contenter.
Ce que tu m'as promis songe à l'exécuter.
Cet enfant, ce trésor, qu'il faut qu'on me remette,
Où sont-ils?

JOAD.

Sur-le-champ tu seras satisfaite;
Je te les vais montrer l'un et l'autre à-la-fois.
(Le rideau se tire. On voit Joas sur son trône; sa nourrice est à genoux à sa droite; Azarias, l'épée à la main, est debout à sa gauche; et près de lui Zacharie et Salomith sont à genoux sur les degrés du trône; plusieurs lévites, l'epée à la main, sont rangés sur les côtés.)
Paraissez, jeune enfant, digne sang de nos rois.
Connais-tu l'héritier du plus saint des monarques,
Reine? de ton poignard connais du moins ces marques.
Voilà ton roi, ton fils, le fils d'Ochozias.
Peuples, et vous, Abner, reconnaissez Joas.

ABNER.

Ciel!

ATHALIE, *à Joad.*

Perfide!

JOAD.

Vois-tu cette juive fidelle
Dont tu sais bien qu'alors il suçait la mamelle?
Il fut par Josabet à ta rage enlevé;
Ce temple le reçut, et Dieu l'a conservé.
Des trésors de David voilà ce qui me reste.

ATHALIE.

Ta fourbe à cet enfant, traître, sera funeste.
D'un fantôme odieux, soldats, délivrez-moi!

JOAD.

Soldats du Dieu vivant, défendez votre roi!
(Ici le fond du théâtre s'ouvre. On voit le dedans du temple, et les lévites armés entrent de tous côtés sur la scène.)

ATHALIE.

Où suis-je? O trahison! ô reine infortunée!
D'armes et d'ennemis je suis environnée!

JOAD.

Tes yeux cherchent en vain, tu ne peux échapper,
Et Dieu de toutes parts a su t'envelopper.
Ce Dieu que tu bravais en nos mains t'a livrée:
Rends-lui compte du sang dont tu t'es enivrée.

ATHALIE.

Quoi! la peur a glacé mes indignes soldats!
Lâche Abner, dans quel piége as-tu conduit mes pas!

ABNER.

Reine, Dieu m'est témoin.....

ATHALIE.

Laisse-là ton Dieu, traître,
Et venge-moi.

ABNER, *se jetant aux pieds de Joas.*

Sur qui ? sur Joas ! sur mon maître !

ATHALIE.

Lui Joas ? lui ton roi ? songez, méchans, songez
Que mes armes encor vous tiennent assiégés.
J'entends à haute voix tout mon camp qui m'appelle.
On vient à mon secours. Tremblez, troupe rebelle.

SCENE V.

ISMAEL, JOAS, JOAD, ATHALIE, ET TOUS LES ACTEURS DE LA SCÈNE PRÉCÉDENTE.

ISMAEL, *à Joad.*

Seigneur, le temple est libre et n'a plus d'ennemis ;
L'étranger est en fuite, et le Juif est soumis.
Comme le vent dans l'air dissipe la fumée,
La voix du Tout-Puissant a chassé cette armée,
Nos lévites, du haut de nos sacrés parvis,
D'Ochozias au peuple ont annoncé le fils,
Ont conté son enfance au glaive dérobée,
Et la fille d'Achab dans le piége tombée.
Partout en même temps la trompette a sonné :
Et ses sons et leurs cris dans son camp étonné
Ont répandu le trouble et la terreur subite
Dont Gédéon frappa le fier Madianite.
Les Tyriens, jetant armes et boucliers,
Ont, par divers chemins, disparu les premiers :
Quelques Juifs éperdus ont aussi pris la fuite ;
Mais, de Dieu sur Joas admirant la conduite,
Le reste à haute voix s'est pour lui déclaré.
Enfin, d'un même esprit tout le peuple inspiré,
Femmes, vieillards, enfans, s'embrassant avec joie,
Bénissent le Seigneur, et celui qu'il envoie.
Tous chantent de David le fils ressuscité.
Baal est en horreur dans la sainte cité ;
De son temple profane on a brisé les portes ;
Mathan est égorgé.

ATHALIE.

Dieu des Juifs, tu l'emportes !
Oui, c'est Joas ; je cherche en vain à me tromper ;
Je reconnais l'endroit où je le fis frapper ;
Je vois d'Ochozias et le port et le geste ;
Tout me retrace enfin un sang que je déteste.
David, David triomphe ; Achab seul est détruit.
Impitoyable Dieu, toi seul as tout conduit !
C'est toi qui, me flattant d'une vengeance aisée,
M'a vingt fois en un jour à moi-même opposée ;
Tantôt pour un enfant excitant mes remords,
Tantôt m'éblouissant de tes riches trésors

Que j'ai craint de livrer aux flammes, au pillage!
Qu'il règne donc ce fils, ton soin et ton ouvrage!
Et que, pour signaler son empire nouveau,
On lui fasse en mon sein enfoncer le couteau!
Voici ce qu'en mourant lui souhaite sa mère.
Que dis-je, souhaiter! je me flatte, j'espère
Qu'indocile à ton joug, fatigué de ta loi,
Fidèle au sang d'Achab qu'il a reçu de moi,
Conforme à son aïeul, à son père semblable,
On verra de David l'héritier détestable
Abolir tes honneurs, profaner ton autel,
Et venger Athalie, Achab et Jézabel.

(Athalie sort, les lévites la suivent.)

JOAD.

Qu'à l'instant hors du temple elle soit emmenée,
Et que la sainteté n'en soit point profanée.
Allez sacrés vengeurs de vos princes meurtris,
De leur sang par sa mort faire cesser les cris.
Si quelque audacieux embrasse sa querelle,
Qu'à la fureur du glaive on le livre avec elle.

JOAS, *descendu de son trône.*

Dieu, qui voyez mon trouble et mon affliction,
Détournez loin de moi sa malédiction,
Et ne souffrez jamais qu'elle soit accomplie :
Faites que Joas meure avant qu'il vous oublie.

JOAD, *aux lévites.*

Appelez tout le peuple, et montrons-lui son roi :
Qu'il lui vienne en ses mains renouveler sa foi.
Roi, prêtres, peuple, allons, pleins de reconnaissance,
De Jacob avec Dieu confirmer l'alliance,
Et, saintement confus de nos égaremens,
Nous engager à lui par de nouveaux sermens.
Abner, auprès du roi, reprenez votre place.

SCENE VI.

UN LEVITE, JOAS, JOAD, ET TOUS LES ACTEURS DE LA SCÈNE PRÉCÉDENTE.

JOAD, *au lévite.*

Hé bien, de cette impie a-t-on puni l'audace?

LE LÉVITE.

Le fer a de sa vie expié les horreurs.
Jérusalem, long-temps en proie à ses fureurs,
De son joug odieux à la fin soulagée,
Avec joie en son sang la regarde plongée.

JOAD.

Par cette fin terrible, et due à ses forfaits,
Apprenez, roi des Juifs, et n'oubliez jamais,
Que les rois dans le ciel ont un juge sévère,
L'innocence un vengeur, et l'orphelin un père.

FIN

www.ingramcontent.com/pod-product-compliance
Ingram Content Group UK Ltd.
Pitfield, Milton Keynes, MK11 3LW, UK
UKHW032011260826
14628UKWH00005B/2419

9 782014 430288